꽃그림 작가 백은하의 기도 에세이

이제부터는
내가 아버지다

꽃그림 작가 백은하의 기도 에세이

이제부터는
내가 아버지다

펴낸날 | 2010. 12. 13

지은이 | 백은하
펴낸이 | 임후남

진 행 | 이선일
디자인 | 애드디자인
출 력 | 아이앤지
인 쇄 | 백왕인쇄

펴낸곳 | 생각을담는집
주 소 | 서울시 양천구 목동 917-9 현대 41타워 3903
전 화 | 편집 070-8274-8587 영업 02-2168-3787
팩 스 | 02-2168-3786
전자우편 | mindprinting@hanmail.net

ISBN 978-89-963899-6-5

이 도서의 국립중앙도서관 출판시도서목록(CIP)은
e-CIP 홈페이지(http://www.nl.go.kr/ecip)에서 이용하실 수 있습니다.
(CIP제어번호: CIP2010004389)
책값은 뒤표지에 있습니다.

* 잘못 만들어진 책은 구입하신 곳에서 교환해드립니다.

꽃그림 작가 백은하의 기도 에세이

이제부터는
내가 아버지다

생각을 담는 집

이.제.부.터.는. 내.가. 아.버.지.다.

막내로 아버지를 일찍 여읜 나에게
엄마는 자주
우리 가정의 가장은 하나님이야, 라고 이야기해주셨다.
어린 내게 하나님 '아버지'는 자연스러웠다.

하나님께 기도하기를 아빠에게 하듯
대화하는 버릇은 그렇게 생겼을까.
무릎 꿇고 눈 감고 심각하게 하는 기도보다
그냥 일상에서, 양치를 할 때도 사과를 먹을 때도 하늘을 보며 감탄할 때도
누군가로 인해 기뻐할 때도 슬퍼할 때도
나는 어느새 하나님께 말을 건다.

(장성하여) 시댁에 처음 인사를 드리러 갔을 때

아버님은 처음 본 나에게
이제부터는 내가 아버지다, 라고 '공표' 하셨다.

혼자가 아니야.
나에겐 하나님 아버지가, 그리고 육신의 아버지가 있다.
내 빈 들판은 이제 꽉 채워졌다.

| contents |

prologue _004

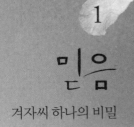

1

믿음

겨자씨 하나의 비밀

비가 멋있게 와요

비가 멋있게 와요, 하나님.
고맙습니다.

습관

아침과 밤으로 딱 한 줄이라도 읽자고 다짐하고 펼쳐보는 성경.
그 습관 하나 만드는 데 삼십 몇 년.
나는 고작 그 정도의 신앙이지만, 그 말씀 한 줄이 하루를
날게 할 때가 있습니다.

아침에 일어나면
번쩍 두 손을 들고

아침에 일어나면 번쩍 두 손을 들고 하나님께 인사한다.
안녕하세요! 오늘도 저희에게 평온한 하루를 선물해주셔서 감사합니다.
그렇게 하면서 하루 종일 중얼중얼 기도한다.
날씨가 좋으면
하나님, 하늘이 예술이네요!
길을 건너다 급히 달려오는 차를 보면 화를 내다가도
아이구, 하나님, 저 아저씨 여유 있는 사람 되게 해주세요, 기도하고
누구 험담하고 나면 아차, 죄송합니다, 기도하고.

하나님께 자꾸 말을 건다.
자주 기도하면 말하고자 하는 내용 주변을 어슬렁거리지 않고도
쉽게 말문이 터진다.
새해, 하나님과 더 친하게 지내고, 때로 죄 많고 염치없어
도 대화를 쉬지 않고 싶다.
아빠에게 하듯 이야기하고 싶다. 허물이 있다고 숨지 않고.

열어 놓기로 했어요,
하나님

열어 놓기로 했어요.
내가 늘 컨트롤하고, 기대하고, 제한하고, 요기까지라고 정리했던 것들
열어 놓고 마치 물을 타듯
내가 예측 못했던 가능성들이 내게 오도록
와서 운동하고 창조하도록.

그 전엔 나다운 것이랄지,
이러할 것이다, 라고 기대하고 생각했던 것들만을 부여잡고,
그 외의 예상 밖의 것, 혹은 아니라고 생각했던 것들은
아예 얼씬도 못하도록 무 자르듯 턱, 잘라버렸던 것 같아요.

물을 타듯 지켜보기로 했어요.
늘 내가 컨트롤하려던 것을
그냥 좀 내려놓고 보기로 했어요.
받아들이기로 했어요.

생각은 그러한데 이게 잘되도록 훈련을 잘해야겠이요.
습관이 되도록 말예요.
도와주세요.

물을 타듯,
다만 맑게 자신을 잘 지키고
여러 다양한 기회들이나 제안들에 대해 오픈하고
'예스' 라고 순응할 수 있도록이요.

그렇게 되고 싶으면
먼저 그렇게 감사

'그렇게 되고 싶으면 먼저 그렇게 감사 기도해라' 가
나의 모토가 되었다.
내가 부자 되기를 원한다면
지금 내 수중에 있는 돈부터 감사해야지.
더 건강해지기 원한다면 지금 건강에 대해 감사해야지.
더 좋은 일을 원한다면 지금 일에 감사해야지.
사랑받기 원한다면 지금 사랑받는 정도에 대해 감사해야지.
불안해하거나 불평하지 말고 감사부터 시작해야지.
그리고 뻔뻔하게 앞으로 주어질 것에 대해서도 '미리' 감사해야지.

놀랍게도 감사는
내가 감사한 꼭 그것이 더 주어지게 한다.

오늘부터 연습, 훈련
조금 덜하기, 더 잘하기

허겁지겁 욕심내며 해치우고, 잘 마무리도 못했으면서
다른 걸 욕심내는 성급한 손.

하나님, 조금 덜하고,
대신 훌륭하게 시간 사이사이 여백을 두는 지혜를 주세요.
그래서 그 시간 사이마다 명상하고 대화하게 해주세요.
하나님과 그리고 스스로와.
뭐든 보이는 대로 닥치는 대로 욕심나는 대로
마구 하는 머슴 같은 기질에서
골라서 중요한 것만 하고 나머지는 접어두고 가만히 있는
주인의 마인드와 습관을 들이도록 도와주세요.
쫓기는 생활이 아니라, 내가 선택하고, 지휘하고, 최선 다해 해내는
그런 주인 된 습관.
적게 하는 대신 잘하게 해주세요.
완성도를 높이고 진정성 있는 결실을 만들어내는 그런 습관.
이제는 마음과 힘과 시간을 다해서 충실한 것을 완성하게 해주세요.

꽃비 내린다,
뭐하고 있니

'감사하는 마음으로 만끽하세요.
그러면 눈앞이 현란해질 정도로 아름다운 꽃비를 맞게 될 거예요.'

친구의 문자였다.
구월, 이번 가을은 내가 꽃비를 맞을 것 같다며.
신기하게도 지난 봄, 딱 이런 꿈을 꿨다.
꽃비가 들판에 누워 있는 내게 기분 좋게 막 떨어졌다.

그런데 그 꽃비는 봄에도 여름에도 내리지 않고 있다가
가을 되어 이런 문자를 받았으니,
정말 그 꽃비가,
봄꿈에 나타난 그 꽃비가 가을에 현실로 내릴 것인가, 내게.

좋아.
꽃비 쏟아진다. 뭐하고 있니?
네, 열심히 일해야죠!
꽃비 두 손으로 바구니로 열심히 받아야죠.

조금 덜하세요

조금 덜하기로 했다.
반찬을 이것저것 하려다
아니, 요거요거만 공들여 하자, 메인에 투자하자.
돈이 더 생겼다고 이것저것 사려다가
아니, 가치 있고 제일 좋은 것 하나만 장만하자.
선물 포장을 잘하고도 리본 하나, 꽃 하나, 구슬 하나 더 멋부리려다
아니야, 이거면 충분해.

조금 더 이야기하고 조금 더 먹으려다가
아니야, 지금 좋을 때
딱 좋을 때 일어나자, 그만 먹자. 그만 하자.
책을 마저 다 읽으려다가, 일을 마저 끝까지 해치우려다가
아니, 요기까지만 하고 쉬는 게 좋겠어, 잠깐 내려놓는 게 좋겠어.
이따가 마저 해도 되니까.
눈에 보이는 대로 생각나는 대로 욕심나는 대로 하나 더 손에 쥐는 버릇,
더 부지런해서가 아니라 욕심이다. 성급함이다. 압박감이다.

이제는 에너지를 다 쓰지 말고 잘 비축하면서 잘 분할해서 써야겠다.
고만큼만 해도 되면 고만큼만 하자.
더 이상 말고.
그리고 음미하고 생각하자.

흥분하면 짜진다

흥분했을 때 요리를 하면 음식 간이 짜다.
오버하기 때문이다.
오늘 아침 '오늘의 책'으로 내 책이 선정됐다는 간단한 소식을 받고
조갯국을 끓이면서, 나는 흥분했었나보다.
소금을 듬뿍 퍽, 쳐버린 것이다.

하나님, 저는 냄비처럼 금방 흥분하고
평정을 잃어버립니다.
견고하고 온유해지길 원합니다.

그런데 슬플 땐 어떤 맛을 낼까?
밥하기 싫어진다.
화가 날 땐?
매워지는 것 같다.
피곤할 땐?
달달해지고,
평화로울 땐
그땐 담백해진다.
재료 맛이 평온한 얼굴로 서로 포옹하며 조화롭게 우러난다.

온전케 하시다

점쟁이를 찾아가 본 적은 없지만, 친구를 따라 안마를 받으러 갔다가, 사주 공부했다는 안마사가 해주는 이러저러한 이야기. 달콤하기도 하고 싫기도 한 이야기들에 귀가 쫑긋.

그 집 문밖을 나올 때 다 떨어뜨렸어야 했는데, 나는 그 후 거기에 얽매여 있었다. 무슨 색이 내게 맞다느니, 무슨 숫자가, 글자가 맞다느니 따위에 이미 묶여 있었고, 내 생년월일에 맞춘 이러저러한 이야기들에 나를 맞추고 있었다. 그간 하나님을 믿고 하루하루 살아오던 나는 갑자기 이미 주어진 운명 같은 게 있으니, 그에 맞게 살아야 할 것처럼 그 이야기를 되새기고 또 되새기고 있었다. 머리를 흔들어도 자꾸만 생각이 나서, 어느새 내가 뭘 할 때마다 내 발목을 잡고 있었다.

하나님이 내게 해주신 말씀은 하나도 소용이 없었다. 이건 옳지 않다. 하나님은 내가 행복하기를 원하시고 하나님은 내가 더 나아지기를 원하시고 하나님은 내가 당신께 의지하고 기도하며 발전하기를 원하시는데, 왜 내가 내게 주어졌다는 무엇무엇에 얽매여 있어야 하나. 그게 신앙이 돼버린다면 하나님과 나의 관계는 뭐지? 내가 믿던 말씀은 뭐지? 나는

그 점쟁이의 말을 내 속에서 빼내기 위해, 목회를 하는 큰 오빠를 찾아가
이야기했다.
오빠와 언니는, 예수님은 온전케 하러 오셨다고, 설사 사람마다 운명이
있다고 하고 저마다의 길이 있다 해도, 저마다 부족함이 있다 해도, 그걸
채워주고 고쳐주고 자유케 해주시려고 오셨다고 말했다.
아, 그래! 예수님이 그러셨지. 내가 온 것은 너를 풍성케 하고 더 풍성케
하기 위함이라고, 일어나 네 침상(안주하던, 병 들던)을 들고 걸으라고.
내가 너를 풀어주고 자유케 하고 온전케 하러 왔노라 하는 말씀이 나를
다시 깨어나게 했다.

내 부족함을 아시는 주님, 고맙습니다.
내 체질을 아시는 주님, 고맙습니다.
내가 어떻게 나아져야 하는지, 채워져야 하는지 아시는 주님,
고맙습니다.
그로 인해 기도하게 하시니 고맙습니다.

복을 주시려고 기다리시는 하나님,
우리가, 그 복을 담을 그릇이 되도록 빚어주세요.

관상이니 사주니, 타고나길 저마다의 길이 있다는 생각들이 있습니다.
어떤 때는 정말, 생긴 대로 한다는 말도 맞는 것만 같고요.
건강이 좋은 사람은 재물 복이 없고, 재물 복이 있는데 부인 복이 없고,
출세할 복은 있는데 자식 복은 없고 등등. 대체 온전하게 다 뛰어난 관상
과 사주를 가진 사람이 몇 안 된다면, 그 나머지는 희망이 없는 걸까요.

그래서 예수님이 온전케 하러 오셨다는 말씀은 희망이 됩니다.
디모데후서에 온전케 하시는 하나님, 이라는 말씀이 또한 힘이 됩니다.
사주니 관상이니를 넘어, 예수님은 각 사람을 가장 건강한 단계로, 행복
한 형상으로 인도하시니까.
그리고 각 사람의 그릇은 그 그릇마다 은이나 금, 질그릇, 나무그릇으로
만드셨다 해도 그 길로의 최선, 가장 행복한 금그릇, 은그릇, 가장 행복
한 질그릇, 나무그릇으로 인도하시니까.
금그릇이 더러워지거나 은그릇이 깨지거나 불편해서 처박혀 있을 수도

있고, 나무그릇이 깨끗하고 가볍고 튼튼하게 준비돼 있어 매일 소중히 쓰이게 된다면, 어떤 삶이 더 즐거운 삶일까요.

시행착오 계속 되더라도 말씀을 좇다 보면 온전케 하심의 은혜를 누리게 되지 않을까요.
넓어지고 깨끗해지고 총명해질 거라고 기대합니다.
총명하고 밝고 너그럽고 지혜로운 사람을, 사람들은 따르고 싶어하고 친구 되고 싶어하고 함께 일하고 싶어하고, 인생을 함께하고 싶어하니까, 그게 바로 복 있는 사람이죠! 알맹이가 바뀌면 껍데기도 바뀐다 하네요.
하나님의 도를 닦는 사람은 관상이니 운명이니 하는 것을 꼭 이깁니다.

감사와 감탄

숲과 강변서 달리기하며 자란 나는 서울이 참 낯설고 크기만 했습니다.
빌딩과 아파트보다 강과 나무들, 논과 밭이 익숙한 눈. 예의 차린 간접적
태도보다 단순하게 생生으로 말하는 법이 더 익숙한 입. 매끈한 장난감
이나 공산품 질감보다 흙과 꽃이 익숙한 손.
그런 여자 아이가 어떻게 서울 한복판에 자리를 잡았을까, 저도 돌아보
면 신기한 일입니다. 어떻게 아무도 아는 사람 없는 땅에 와서 십여 년 지
나, 하고 싶은 창작작업을 맘껏 하고 결실을 누리고 평생을 함께할 사람
들이 이렇게 많이 생겼을까, 놀랍습니다.

엎어지고 콧물, 눈물 나는 일이 얼마나 많았겠어요. 망둥이처럼 건방지
던 일도 얼마나 많았겠어요. 숱한 실수와 모자람과 성급함이 다반사였을
20대 중반부터 30대 중반이었으니 말이에요.
그러나 끊임없이 제일 잘한 일이 하나 있다면, 감사 기도를 많이 했다는
거예요. 콧노래를 잘 불렀다는 거예요. 세상 모든 것들에 감탄을 잘했다
는 거예요. 아침에 나무를 봐도 하늘을 봐도 좋은 책을 봐도 멋진 패션을

봐도, 영화를, 전시를, 좋은 사람들을 봐도, 나는 늘 신이 나고 감동하고, 배울 것들을 찾은 것 같아요.

때때로 내게 중요한 충고를 하는 윤주 언니는 이야기했습니다. 네가 누리는 모든 것들은 우주의 누군가에게 빚지고 있는 거라고, 그러니 감사하라고. 네가 행복을 누리면 누군가는 그만큼 힘들게 일한 것이고, 네가 어떤 기회를 누리고 있다면 누군가는 그 기회를 양보한 거라고. 너도 노력하지만 너 이상 노력하는 사람 세상에 많다고.
너의 럭키에 대해 당연해하거나 교만하지 말라고. 너의 재능, 외모, 기회, 사람들, 결실, 모든 것들, 네 노력 이상의 것들이니 겸손하게 감사하며 살라고.

경건하게 무릎 꿇고 하는 기도는 못했지만, 앉으나 서나 먹으나 걸으나 하늘을 보나 영화를 보나, 누구랑 대화를 하는 중간에도 화장실에 앉아 있을 때도 마음으로 입술로 늘 기도를 했습니다. 하나님에게도 단순하게 이야기하고 사람들에게도 단순하게 이야기했습니다. 복은 내가 얼마나 열려 있는가에 달려 있는 것 같습니다.
부드러울 것.
긍정적일 것.
믿을 것.
나는 제일 먼저는 하나님으로부터,
두 번째는 사람들로부터 은혜를 받은 사람이란 걸 되새기려고 합니다.

상처에
소금 뿌리듯

나쁜 생각, 특히 섭섭한 생각이 들면
그걸 가지고 머릿속에서 상황을 설정하고
그 설정 속에서 배역도 대사도 다시 설정하며 한바탕 섭섭한 드라마를
펼치기도 했어요.
머릿속에서 상황을 만들어 막 따지고 섭섭하다고 말하고, 때로 울기도
하고, 그걸 여러 번 반복하고도 해소가 안 됐죠. 오히려 정말 그게 사실
인 양 상대가 미워지고 더 섭섭해졌죠. 아마 그 순간 옆에서 악마는 배를
움켜쥐고 웃었을지도 몰라요.
혹시 피해의식이 아닐까요.
속에 해소 못한 것이 이렇게 웅웅거리도록 놔두고 살아온 건 아닐까요.
지금은 안 그렇지만,
아니요,
뜻밖의 뭔 일이 생기면 여전히 분을 내고 있는 나를 발견하는 거예요.
그래서 얼른 바꿨죠!

반대로.
좋은 쪽으로.

오늘 있었던 일에 대해 섭섭한 생각을 반대로.
처음엔 그러기가 힘들어요. 그 나쁜 생각의 웅덩이에 좀 더 흐느적 머물고 싶거든요. 어쩌면 그걸 즐기는 거죠. 칼로 자르듯 단박에 바꿔버리려는 용기가 필요해요.

반대로 생각하는 습관.
안 좋은 생각 대신 같은 문제에서 얼른 좋은 면을 끄집어내서 집중하는 습관.

시 읽어줄게,
준비됐니?

싱글일 때, 옥상이 있는 집을 좋아해서
오전이면 햇살을 보러 옥상에 올라가 아침 공기를 쐬곤 했다.
이 때, 커피 한 잔, 시집 한 권 들고 가기도 한다.
겨우 십오 분쯤 있다가 오지만,
그때 날씨며 커피며 시 한 편을 잘 먹고 마시고 내려온다.
시집을 들추다 와 닿는 시가 있으면, 혼자 먹기 아까워,
함께 나누고 싶어 친구들에게 전화를 한다.
그 시간, 나는 프리랜서라 시간 조율이 자유롭지만,
직장 다니는 친구들은 바짝 일을 시작할 때.
하지만 나는 아랑곳하지 않고 일단 묻는다.
2분간 시간 있어?
응.
시 읽어줄게, 그냥 듣기만 해.
응.

시 한 편 읽고는 끊는다.
복잡한 사무실, 팽팽한 그 시간에 그 시가 무슨 소용이 있을지 모르지만,
그래도
하늘 아래 이렇게 날씨가 좋은데,
시 한 편 너의 귀에 대고 읽어주고 싶다.

돈을 위한 기도
- 친구를 통해 배우다

돈을 두려워하지도, 돈을 가벼이 여기지도, 돈을 최고로 여기지도, 돈을 천히 여기지도 않게, 돈의 지혜로운 소비는 어떤 건지, 돈을 여유 있게 지키며 돈을 윤택하게 사용하는 것은 어떤 건지 공부하게 해주세요. 돈을 아끼는 것과 쩔쩔매는 것이 다름을, 돈을 여유 있게 지키고 키우면서도 여유 있게 소비하고 나누는 방법을 알게 해주세요. 책이든 사람이든, 배움을 갖게 해주세요. 나는 돈에 대해 제대로 배운 적이 없는 것 같습니다.

조금 벌어도 여유 있게 사용하는 사람들을 보면 신기하다. 많이 벌어도 늘 쩔쩔매며 사는 사람들도 많다. 절대적인 돈의 양도 중요하지만 소비하는 데 있어서는 그 사람의 생활철학에 따라 큰 차이가 나는 것 같다. 자기 벌이보다 늘 초과된 소비를 하는 사람은 늘 쫓긴다. 자기 벌이보다 지출은 적게 하고, 그 안에서 여유 있게 지출하는 사람들이야 말로 정말 부자다.

내 친구 경숙 씨는

꼭 필요한 물건은 비싸도 장만한다. 그 물건을 사기 위해 좀 기다리기도 한다. 그 외엔 자잘한 욕망이 별로 없어서 자잘한 소비는 없다. 그러니 집에는 심플하고 간결하면서도 사용하기 좋은 것들이 제대로 자리잡고 있다. 집이 모델 하우스 같다는 말을 할 정도로 필요한 가구와 물건들만 있다. 집에 식탁 의자를 바꾸려면 정말 마음에 드는 것을 만날 때까지 그녀는 기다린다. 좀 아쉬운 대로 첫째는 아니더라도 두 번째를 사 놓고 보는 나와는 정말 큰 차이.

그녀는 정말 마음에 꼭 드는 의자를 만나자, 꽤 비싼 값을 치르고 구입했다. 겉이 번드르르한 디자인이 아니라 정말 질이 좋은 것에 대해서는 그녀는 값을 충분히 치르고 제 식구로 만든다. 나는 일단 필요한 대로 아쉬운 대로 사지만 결국 원했던 첫째 물건이 나타나면 괴로워하다가 결국 또 산다. 반성!

경숙 씨는 사람들에게 돈을 쓰는 데 있어서 절대 궁색함이 없다. 밥값 찻값 낼 때는 자연스레 먼저 나서고 생색을 내지도 않는다. 정작 자신을 위해 허영이나 유행 등에 따른 소비는 없다. 로고 박힌 명품 백도, 남들이 대체로 하는 것들에 대해서도 그녀는 관심이 없다. 과도한 출혈이 없으므로 그녀의 주머니는 늘 넉넉하고, 친구나 이웃에게 해야 할 도리에 대해서는 아쉬움이 없게 한다. 그녀에게 깜짝 놀랄 선물을 받은 적이 한두 번이 아니다. 그럼에도 생색 한 번 내지 않는다. 이게 진정 럭셔리라는 생각.

그녀가 특별히 부자이기 때문일까? 친구들 중 더 여유 있는 부자들이 있지만, 그녀처럼 사람이 넉넉하고 품위 있어 보이진 않는다. 경숙 씨는 돈이 없을 땐 돈 쓸 일을 아예 안 만든다. 자잘하게 욕망을 채우려고 그

보다 못한 것을 사거나 하지 않고 그냥 안 쓴다. 그녀는 돈에 휘둘리지 않는다. 경제적인 문제가 생길 때도 달리 티가 나지 않는다. 언젠가 그녀 집안에 일이 생겨 잘 비축한 큰돈이 나가버렸을 때, 그 시점엔 몰랐다. 다 치룬 후 이야기해서. 아니, 그런데도 그렇게 티가 안 났어요? 어쩜 그렇게 사람이 여유가 있어요? 라고 물으니, 에이, 그럼 어쩌겠어요, 한다.

경숙 씨를 정리해 보면,
1. 베푸는 일에는 절대 인색하지 않다.
2. 자잘하게 사지 않고 그 돈 모아 꼭 필요한 것,
   제일 마음에 드는 것을 장만한다.
3. 돈이 없어서, 라는 말을 절대 입에 담지 않는다.
   돈돈돈, 을 하지도 않는다.
4. 유행이나 사치품에 돈을 쓰지 않는다. 꼭 마음에 들고 평생 쓸 무엇을
   위해서라면 몰라도.
5. 정기적금은 기본으로 한다.
6. 냉장고는 언제나 풍성하다. 가만히 보면 요리뿐 아니라 매사 그렇다.
   뭘 하면 제대로 한다. 여건이 안 되면 아예 안 한다.
7. 집 안에 필요한 가구며 생활용품은 이유가 있고 좋은 것으로 한다.
   언제나 실용주의, 디자인은 간단할수록 좋다.

입에 풀잎 하나 물기

말의 훈련 –
그냥 가만히 잠잠하기 연습.
불안할수록 말이 많아진다.
그럴 땐 오토매틱으로 입 다물고 눈을 내리기.
허영과 마음에 없는 말, 하지 말기.
마음에 긍정을 품고 그냥 기다리기.

상대방이 뭔가를 할 수 있게끔 –
내가 뭔가를 다 해야 한다는 강박관념 갖지 말기.
잘 모르면 모르는 대로, 못하면 못하는 대로,
불안할 땐 불안한 대로 그냥 잠잠하기,
그러면 상대방이 하니까.
때로 그렇게 나 이외의 세계가 일하도록 하기.
이 상황이 뭔가, 그냥 두고 보는 용기와 배짱과 여유 갖기.

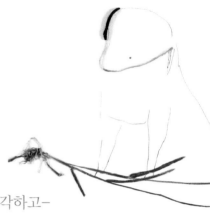

그냥 입에 풀잎 하나 물고 있다 생각하고-
그건 미소를 만드는 좋은 습관,
가만히 있기 연습하기.
꼭 주인공이 될 필요는 없다니까.
그냥 가만히, 의 연습.

플러스 사고와
마이너스 사고의 습관

파괴, 사라짐, 소멸, 체념, 덧없음….
이러한 이미지를 연상하는 것을 버리고
(이 모든 것은 피해의식과 연결된다.)
창조, 더해짐, 축적, 과정에의 노력, 생명….
이러한 이미지의 연상을 훈련하고 연습하고 더해지기를 기도합니다.
(이 모든 것은 나의 '능동적 주인 됨'과 연결된다. 남에게 맡기는 삶이 아닌, 내가
주체적이 되는.)

어느 유명한 럭비 선수가 말했다.
"다들 참 잘하지만 문제는 그들은 공이 가는 곳으로 달려
간다는 점이다. 나는 공이 가야 할 곳으로 달려간다."

나는 언제나 풍성하다,
그 풍성함을 나누어줄 것이다

편집장 친구가 화보 모델 섭외로 걱정이었다. 담당자가 성공시키질 못해 직접 나서야 하나, 하는 상황이었다. 어차피 해야 하는 전화 자체를 부담스러워하기에, 마음이 급할 때 스스로에게 주는 문장을 전해주었다.

'나는 언제나 풍성하다. 그 풍성함을 나누어줄 것이다'
화가 날 때도, 누군가의 실수를 보며 불평하고 싶어질 때도, 때로 주눅이 들 때도 이렇게 말해본다.
그러면 나는 '주인'이 된다.

풍성함이란 단순히 물질적 여유를 넘어
'내 모든 것이 여유 있다'는 의미.

하나님, 제가 언제나 풍성하게 해주셔서 감사합니다.
그 풍성함을 늘 기쁘게 나눠주는 사람이 되게 해주세요.

명심해,
네가 행복해야 다시 새싹은 돋고

성장은 스무 살이면 멈춘다는 말은 거짓말. 나는 나무처럼 성장한다.
사계절을 지날 때마다 하나의 지혜, 하나의 아름다움이
꽃이 피듯, 열매 맺듯
피고 돋고 즙을 낸다.

내가 나를 사랑하지 않는다면 세상에 대한 자애는 다 거짓말.
내 속의 바다를 무시하고 작은 시내를 찾아 오늘도 헤매는 일.
고작 한 줌의 물로 입술을 적시고 다시 시냇가를 배회하는 일.

내가 풍성하고 흘러넘칠 때, 바람은 리듬을 타고
나무들은 어깨춤을 추지.

명심해, 네가 행복해야 다시 새싹은 돋고,
바다는 힘차게 헤엄치고, 돌고래는 넘실대고,
햇살은 다정하게 너를 안지.

그렇게 지구가 소리내어 웃지.
오늘 세상은 조금 더 맛있어지지.
정말 너 때문에.

내게 주어질 때
감사하고 누릴 것

사랑을 그렇게 원하면서도 어쩌면 속으로는 막상 사랑받는 것을 두려워하지는 않았나 생각합니다. 그래서 자꾸 꼬고 숨고 더, 더, 더, 상대방을 비판하고 동시에 어린애처럼 응석을 부리며 비뚤어진 방법으로 관심 받으려 한 건 아니었나 생각합니다.

사랑받는 것을 두려워하지 않게, 사랑의 온도와 기운에 익숙해지고 싶습니다.

어느 순간 두려워서 자꾸 사랑받지 않는 자의 위치로 스스로 슬금슬금
낮아지려 하고, 나아가서는 누구도 시킨 바 없건만 자기 연민과 피해의
식을 갖고 그리고는 바보스럽게도 상대방에게 나를 끌어 달라고 엉뚱한
요구를 하고, 상대방이 내가 꼭 원하는 바로 반응을 못할 경우 원망하고
불평하는건 아닐까.
다 내가 만드는 상황일 뿐인데.

참으로 나약하고 나쁜 것은,
나를 불쌍하고 너를 못된 사람으로 만들어내는 습관.
나는 피해자이고 너는 가해자.
자신도 모르게 매우 논리정연하게 상대방에게 죄의식을 주고,
비난하고 싶어하는 것.

담백하게, 건강하게,
내게 주어질 때 감사하고 누릴 것.
그러면 모든 문제가 풀린다.
사랑과 행복이 올 때 물러서지 말고 껴안고, 그걸 다시 기쁘게 표현하고
그 사랑을 다시 전해줄 것.

그래서 필요한 기도,
내가 사랑받는 것에 익숙해지도록 두려워하지 않도록 해주십시오.
상대방의 사랑을 믿고, 나는 자격이 있음을 믿게 해주세요!

예배를 안 드리고

하루 종일 잠의 뿌리라도 뽑을 것처럼 자고 또 자고,
마지막 예배시간에 알람을 맞춰두고 또 쓰러져 자고….
몸이 피곤해서였지만, 사실은 예배에 대해 존경심이 없어서였어요.

주일을 거룩하게 지키라고,
주일은 하나님의 날이라고 선포하셨는데
제 몸과 마음이 원하는 대로 그냥 흘러갔습니다.

중심을 잃으면, 그냥저냥 흘러가며 엉망이 되고 맙니다.
하나님께 기쁨으로 예배 드리는 것을 가장 중요시하며 살도록
깨어 있도록 노력하겠습니다.
도와주세요.

새로운 실험을 하다

기분이 안 좋을 때 그 척척한 웅덩이에서 머물고자 하는 건
그건 다른 말로 그 안 좋은 기분을 즐기려고 하는 것과 같다.
속상하거나 섭섭하거나 분하거나,
계속 소처럼 되씹고 있는 것이다.
거기서 못 벗어난 상태에서 다음 시간 다음 장소로 이동한다.
그렇게 바보 같을 수가!
하여, 취하게 된 응급조치는
십 분만 딱 십 분만, 나를 기분 안 좋게 한 그 무엇을 잊어버리는 것.
딱 십 분은 할 수 있지 않을까.

그 생각 그렇게 잊고 다른 것에 집중했더니,
어느새 샤워를 하며 노래를 하고 있었다.
원래의 나로 돌아온 거지.
십 분이 이십 분 되고 한 시간 되고
나는 어느새
탄력과 탄성을 받고 기분 안 좋은 상태를 벗어나
그 상태를 객관적으로 구경할 수 있게 됐다.
평정을 되찾고 나면, 그게 별로 그렇게 큰 일이 아님을 그저 손사래치며
획획 날릴 수 있는 일임을 보게 된다.
그러니 일단 벗어나자.

어떤 꼬맹이가
하도 산만해서

친구의 조카가 하도 산만하다 해서
내가 아는 친구가 칭찬했던 아동상담 닥터가 생각나 연결시켜줬다.
아이의 문제는 다 어른의 문제라고 한다.
부모도 같이 상담을 받고 펑펑 울었다지.
아이와 부모 함께 여러 번 닥터와 만나 상담도 하고 놀이도 하며
몇 개월 후, 아이는 몰라보게 건강해졌다 한다.

그 아이가 내면의 그 상처를 지금 고치지 않고
그대로 어른이 되고 평생을 산다면, 얼마나 힘들까.
겉으로야 멀쩡해 보이겠지만 그 아이 인생마다 풀리지 않는 걸림돌들이
얼마나 그 아이의 뒷다리를 잡을까.

그러면서 또 드는 생각.
다 자란 어른들이라도 제 속에 자라지 않은
한 작은 아이가 있을 텐데,

이제라도 이야기해 보면 좋지 않을까, 하는 생각.
지금 풀리지 않은 쓴 뿌리 같은 것(그것이 성향이든 습관이든)은 혹시 그 아
이로부터 연유하지 않을까, 하는.
누구나, 그 아이가 저 속에 있으니까.

그 에너지가
그 에너지를 부른다

어떤 사람은 말하길, 자기 주변에 다 고마운 사람들이라고 말한다.
어떤 사람은 말하길, 자기 주변엔 다 자기를 이용한다고,
힘들게 하는 사람들뿐이라고 말한다.
이전엔 그게 다 우발적인 거라고 생각했는데,
요즘은 대체로 그런 에너지가 그런 에너지를 부르는 게 아닐까,
생각한다.
마치 자석처럼, 맑으면 맑은 것을, 힘들면 힘든 것을,
탐욕이 탐욕을, 매서운 것이 매서운 것을, 거친 것이 거친 것을,
내가 피해의식 속에 있으면 또한 그런 인연을,
내가 감사하면 감사할 것을 만나게 되는 건 아닐까.

나의 어떤 부족함이나 결핍, 왜곡됨을 그대로 두면 그런 패턴이 연속되
도록 내버려 두는 것과 같다. 그래서 치유해주시길 그리고 온전케 해주
시기를 기도해야지. 그런 부분에 대해 깨어 있고 기도하며 넘어서야지.
내가 건강해질수록 그런 건강한 에너지가 내게 온다. 정말이다.

그리하여 배우자 기도를 할 때도 훌륭한 사람을 주세요, 보다
내가 훌륭한 사람을 맞이할 수 있도록(그 사람을 알아보고 감당할 수 있도록)
제 자신이 먼저 좋은 사람 되게 해주세요, 라고 기도할 수 있게 됐다.

이 넓은 세상,
다양한 에너지와 기운들이 휙휙 스치는 곳에서,
맑은 성령께서 나를 맑게 해주시기를.

엄마의 반찬 박스

엄마가 김치와 반찬을 택배로 보내주셨다.
박스를 푸니,
김치 냄새 화창하다.

하나님, 엄마가 이렇게 건강하셔서 정말 고맙습니다.
하나님, 엄마가 이렇게 절 사랑해주셔서 고맙습니다.
하나님, 정말 이기적인 기도지만,
앞으로 이십 년 더
제가 엄마로부터 이 박스를 계속 받을 수 있게 해주세요!
그렇게 우리 엄마 건강하게 해주세요.

신 김치, 어제 새로 한 김치, 볶음 김치까지 김치 퍼레이드네.
나는 이 김치 냄새가 이렇게 아름다울 수가 없다.
장미보다 더 화사하다.

맛있게 먹고 훌륭한 사람 될게, 엄마.
앞으로도 이렇게 계속 건강하셔야 해.
나 앞으로도 반찬 씩씩하게 계속 해줘야 해.
택배 글씨 지금처럼 또박또박 쓰셔야 해.
이십 년 후에도 그래야 해.
사랑해, 엄마. 고마워, 엄마. 쪽쪽쪽.

소망

나무가 될 거야, 숲이 될 거야

미래 노트

'미래 노트'라는 것을 만들어 쓰거나 그린다. 마치 이루어질 것처럼, 혹은 이뤄지기로 단단히 약속된 것처럼.

건강한 아이들의 건강한 엄마가 되겠군요.
신랑과 다복하게 재미있게, 가족과 친지, 둥글게 잘 살겠군요.
아이를 키우며 창의적이고 복된 동화들을 만들겠군요.
그릇에도 커튼에도 가구에도 그림을 넣겠군요.
기업 CF에 제 그림이 쓰이겠군요.
백화점의 쇼윈도 디스플레이를 하겠군요.
뉴욕 드로잉센터에서 전시를 하겠군요.

저의 손글씨 캘리그라피가 나오겠군요.

작고 멋진 동네에 도서관과 공연장을 만들겠군요.

예술가들을 후원할 수 있겠군요.

소외계층 어린이를 위한 예술교육 시스템을 만들겠군요. – 무용·음악·문학·그림 – 다방면 지인들과 하나의 좋은 모델을 만들겠군요.

마당에 과실나무들을 심고, 겨울이면 가족들, 친구들과 함께 화덕에 고구마, 삼겹살을 구워 먹겠군요.

부모님들 여행을 좋은 시기마다 보내 드리겠군요.

조카들에게 디즈니랜드도 보내주고 대학 가면 배낭여행을 위한 비행기 티켓을 선물하겠군요.

친척들과 친구들, 이웃들에게 원할 때마다 좋은 선물을 풍성히 할 수 있겠군요.

늘 기뻐하라고 명령하신 특권을 저와 가족이 활짝 누리겠군요!

그리고 더 빨리 이뤄지길 원하는 희망사항은 사람들에게 이야기한다.

이전에 작업실을 구할 때도 그랬다.

"난 정동으로 갈 거야."(정동이란 동네를 처음 갔을 때 맘에 들어서 마음으로 결정하고 일부러 내뱉은 말.)

몇 년 후, 내수동이 좋아서, "난 이 동네로 이사올 거야!" 그랬다. 마치 공표하듯 말하고 다니면 더 확실한 약속이 되는 것 같았다.

내게도, 그 말을 들은 사람에게도, 그 말을 접수하신 하나님에게도.

그 사랑에서
끊을 수 없으리라

"그러나 이 모든 일에 우리를 사랑하시는 이로 말미암아 우리가 넉넉히 이기느니라. 내가 확신하노니 사망이나 생명이나 천사들이나 권세자들이나 현재 일이나 장래 일이나 능력이나 높음이나 깊음이나 다른 어떤 피조물이라도 우리를 우리 주 그리스도 예수 안에 있는 하나님의 사랑에서 끊을 수 없으리라."(롬 8 : 37~39)

그 무엇도 하나님의 사랑에서 나를 끊을 수 없다….
참 달고 힘이 나는 말씀이네요.
이만한 위로가 또 있을까요.
고맙습니다!

그 일을 할 땐
그 일만

행동라인이 간결해지길 원합니다.
뭔가를 할 때마다 번잡스럽지 않고,
그것을 할 때엔 오로지 그것만 생각하고,
뭔가를 하는 중이라도 어느 순간 오늘은 여기까지, 라고 결정하며
일어설 수 있기를.

단순하게 집중하며
성의를 다하는
간결함을 연습합니다.

(이렇게 복잡한 이유?
걱정이 많고, 욕심이 많아서다.
나는 점점 강하고 느긋해질 것이다.)

습관적 감정

해야 할 일,
주어지는 일에 대해 압박감과 죄책감부터 생기는 사람이 있다.
늘 피해의식에 시달리는 사람도 있다.
나는 착해서, 라고 생각했는데,
그건 약해서이고 그 감정은 습관적이라는 걸 깨닫게 됐다.
그 부분을 잘라내기 위해서는
생각의 전환뿐 아니라 반복 훈련이 필요하다.
너를 자유케 하셨다,는 말씀과 일어나 걸으라,는 말씀
그리고 기뻐하라,는 말씀을 새기며
나는 지금 괜찮아, 나는 지금이 최선이야,
지금 나는 옳아, 지금이 가장 좋아!
자꾸 내게 말한다.

군중심리

누가복음 23장에서 더 나가지 않고 계속 맴돈다.
그 뒤로 가면 예수님 고난 받는 풍경.
읽기가 불편하고 아프다.
23장 중간에서
폭도처럼 함성을 지르는 군중을 보며
결국은 그 군중심리에 편승하는 빌라도를 보며,
나라면 어땠을까, 생각한다.
나도 그 어리석은 군중일 수 있고 비겁한 빌라도일 수 있다.
내게 중심이 없다면 언제든지.

식사 기도

가끔은 앞 사람이 머쓱해할까 봐 식기도를 짧게 하곤 한다.
어떤 땐 기도를 깜빡 잊고 수저를 입에 물고 하기도 한다.
하나님, 감사!

수저를 들다가 기도하는 나를 보는
어떤 친구는 어색해하고
어떤 친구는 센스 있게 이야기한다.
"오늘은 좀 길게 해. 고등어가 있잖아."

또 어떤 친구는 초절정 짧은 기도를 마친 내게 말한다.
"하나님한테 내 인사도 전했어?"

따뜻한 밥을 대할 때마다
감사하다.

내 입술에서
나오는 것

누군가가 좋은 이야기를 하면 꽃이 술술 나오는 것 같다.
샘물이 나오는 것도 같다.
나는 오늘 싫은 사람 험담을 한 바가지나 하고 와서
아마, 가시와 독이 나갔을 거다.
앞으로 얼마간 그 사람에 대해 좋은 것만 이야기해야겠다.
(엄청난 벌이다.)

독은, 나도 듣는 사람도 당사자에게도 다 나쁘다.
꽃은, 나도 듣는 사람도 당사자도 향기롭게 한다.

그 옷이
내게 어울렸으면 하고

그 옷이 내게 어울렸으면 하고 바라기도 하고
그 옷이 마치 나인 듯 흉내를 내기도 하던
날들이 있었지만,
역시 내가 가장 아름다울 때는
내게 어울리는 옷을 입었을 때.
그럴 때 꽃처럼 피어납니다.
누구를 흉내내다, 나의 아름다움을 못 피울까 봐 그게 걱정입니다.

그것만 하면

책을 많이 읽으면 다 해결될 줄 알았다.
이 세상 책을 다 먹으면, 그러면 다 해결될 줄 알았다.
모든 궁금증이 풀리고, 마법처럼 나는 지혜로운 사람이 될 줄 알았다.

일을 잘하면, 아, 겨드랑이에 날개가 돋는 것처럼 이렇게 개운할 수가 없어,
성과가 보이는 일을 할 때마다 나는 비상하는 것만 같았다.
갈증을 희열로 채워갔다.

여행을 하면, 세상을 보다 보면 또 다 될 줄 알았다.
그게 갈증인지 욕심인지 모르지만
그렇게 나를 넓혀가거나 채워가거나 하면
다 될 줄 알았다.

사람들을 만나면,
좋은 사람 많이 만날수록 다른 세계가 열리고
나는 성장하고, 그게 정답인 것만 같았다.

저것만 가지면 다 될 줄 알았다.
저 가방만 사면, 저 구두만 신으면, 저 집에만 살면,
저 일만 하면, 저것만 저것만 하면….
새가 끊임없이 뭔가를 쪼아대는 것처럼
나는 허기를 채우고 싶었던 걸까.
내 갈증은 뭐였을까.

마음을 다하여
주께 하듯

오늘 아침 누군가가 건네준 이 말씀이 쏘옥 꽂힌다.

"무슨 일을 하든지 마음을 다하여 주께 하듯 하고
사람에게 하듯 하지 말라."(골3:23)

환경에 맞게 하면 나도 그 정도밖에 안 되는 것 같다.
환경에 안주하며 그 정도로 살거나,
혹은 환경을 불평하며 나도 똑같은 사람이 되는 거.
환경이랑 상관없이 절대적인 기준을 향해 일하면, 성의를 다하면,
그제야 뭔가 이뤄지는 것만 같다.
일이든 사람에게든.

복된 그림

"하나님, 이 작품이 그 공간에 가서 복된 노릇을 하게 해주세요.
그 공간에 잘 어울리고 사람들과 어울리게 해주세요.
이 그림이 자기 이미지를 다 발휘하게 해주세요.
부디, 복이 되게 해주세요.
특히 이 공간은 주얼리 샵인데요,
보는 사람에게 창의성과 감동을 주고
또 주얼리도 더 잘 팔리면 좋겠어요."

포장을 하며, 그림을 쓰다듬으며 기도한다.
기도가 끝나니 그림을 가지러 사람이 왔다. 띵동띵동.
이 그림을 좋아해줘서 고마워요.
이 그림이 그 공간에서 행복하면 좋겠다,
그림도 사람도 서로.

말씀이 일상으로
데칼코마니처럼

성경 책갈피 사이에 마른 꽃잎을 꽂아둬서 그냥 펼쳐도 나오는 말씀.
'그 심령은 물 댄 동산 같겠고 다시는 근심이 없으리로다.' (렘 31:12)
다. 시. 는. 근. 심. 이. 없. 으. 리. 라.

오늘 그 말씀이 일상에서 데칼코마니처럼 일어났다.
전시 오픈일, 갤러리로 향하며 길도 밀리고 점점 초조해졌다.
(시간 때문인지 오픈 자체의 긴장 때문인지)
이러저러 염려가 많아 점점 얼굴이 불편해지는 내게,
운전하던 그가(지금은 신랑이 된) 한마디를 툭 던진다.
걱. 정. 하. 지. 마.

운전하는 그를 바라보는데 그의 얼굴은 덤덤하다.
거짓말처럼 이 한 마디가 내 속에 스르륵 전해졌다.
전시에서의 이것저것 염려들이 다 별 일 아닌 게 되고,
그냥 배짱 있게 하면 되는 거고,

삶에서, 그다지 걱정하지 말라는 선포처럼 다가왔다.
그 두툼한 손으로, 그 부지런한 마음과 노력으로 내 등을 툭툭 두드리고
내 손을 꽉 잡고 앞으로 향하는 것만 같았다.

'그 심령은 물 댄 동산 같겠고, 다시는 근심이 없으리로다.'
찬 생수로 세수를 하는 것만 같았다. 뭔가 맑아지는 기분.
그의 말, 걱정하지 마, 라는 한마디는 그냥 던진 말이 아니라,
내 인생 전체를 그가 '걱정 하지 마', 라고 말하는 것만 같았다.
이 말씀이 내게 현실이 되어 꽃피는 순간이었다.

맛있는 걸 입에 넣을 때마다, 감사합니다

정말 훌륭한 음식은 예술의 궁극이라고 생각한다.
먹을 때는 온 감각이 배꼽인사를 한다.

하나님, 이런 멋진 복숭아를 먹게 해주셔서 감사합니다.
하나님, 이렇게 맛있는 연잎차를 마시게 해주셔서 감사합니다.
하나님, 소고기를 이렇게 잘 구워 먹게 해주셔서 감사합니다.
하나님, 엄마가 정성껏 만들어주신 멸치 참 감사합니다.
하나님, 수박을 이렇게 와장창 다함께 나눠먹으니 감사합니다.
하나님, 이렇게 맛있는 된장찌개를 제가 만들다니 참 감사합니다.
하나님, 시엄마께서 잘 구워지는 프라이팬과 굴비를 주셔서 참 맛있게
먹었습니다. 감사합니다.
하나님, 친구와 이렇게 밥과 마음을 나누며, 따뜻한 시간
을 보내게 해주시니 감사합니다.

하나님, 신랑과 곰탕을 끓여먹으며, 아, 이렇게 따뜻한 시간, 이게 천국
이군요, 생각했습니다. 정말 고맙습니다.
하나님, 잘 먹을 수 있고 세상엔 맛있는 게 참 많아서, 그걸 함께할 사람
들이 있어서 참 감사합니다!

이 음식들 먹고 세상에 선한 영향력을 끼치며 살게 해주세요, 라고 누군
가 기도했는데 참 좋은 기도라고 생각했다. 그래서 때로 나도 따라 해보
지만, 냄새와 모양이 살아 있는 착하고 건강한 음식을 보면 벌써 입이 빙
긋, 그래서 원초적으로 불쑥 나오는 기도는,
하나님, 맛있어서 행복합니다. 감사합니다!

아침처럼 순하게

가끔 자문한다. 혹시 내가 윤택함, 행복감을 두려워하는 건 아닐까. 당연히 누구나 그걸 원한다고 하면서도 막상 자기 앞에 그런 기쁨이 다가오면 뒤로 주춤하는 것처럼. 갖게 되어도 이것이 내 것일까, 괜히 의심하며 누리지 못하거나, 나도 모르게 망치려고 하는 건 아닌가 하고. 나는 혹시 그 좋은 감정을 불편해하는가 하고. 그리고는 힘든 상황에 나를 밀어 넣고 자기 연민에 빠져 있는 건 아닌가 하고. 앞으로 나아가기 두려워서 계속 제자리에서 쓴 뿌리만 만지는 건 아닌가 하고.

'풍요는 풍요를 부른다. 복은 복을 부른다.'

하나님, 사랑받는 것에 익숙하고 그 사랑을
그저 아이처럼 받아먹게 해주세요.
순하게 먹고, 누리고, 다시 나눠지는 인생 되게 해주세요.
맛있다 행복하다, 자연스럽게 받아들이게 해주세요.

특강을 맡을 때

하나님, 저는 줄 지식이 따로 없습니다.
가르치는 게 아니라 나눌 수 있게 해주세요.

제가 누리고 배운 것들을 풀어놓고,
그들이 거기서 뭔가 좋은 것을 발견할 수 있기를 기도합니다.
제가 마스크를 쓰고 멋진 척을 하거나, 체계적인 척을 하거나,
쉬운 이야기를 어렵게 만들지 않도록 해주세요.

내가 나 있는 모습 그대로를 보이는 데 걱정하지 않게 해
주세요. 내가 어떻게 보일까, 어떻게 기억되기를 바라지
말고 그들에게 무슨 도움을 줄 수 있을까, 거기에 집중하
게 해주세요.

앞니 세 개를 빼고
감사라니

풍치는 별 증상도 없이 그렇게 치아를 무너뜨린다 한다.

엄마가 앞니 세 개를 나란히 뺐습니다.
나는 마음이 아픈데,
엄마는 감사하다고 말합니다.
어릴 때 갖게 된 이빨을 이렇게 평생을 썼으니, 얼마나 감사하니.
(하나님, 엄마 이빨은 다 뺐어도, 제발 근력이나 피부나 다른 부분들은
더디더디, 천천히 늙게 해주세요.)
아직 엄마 이렇게 예쁘고 건강하신데,
오래오래, 최소한 20년은 더 너끈히 건강하고 예쁘게 사시게 해주세요.
엄마의 마음을 위로해주시고, 틀니도 잘 만들어지고
요가를 통한 컨디션 조절과 좋은 식품 공급을 통해,
얼른 회복시켜 주세요.
아직도 할 일이 엄청 많은 엄마,
책도 써야 하고 강연도 해야 하고

엄마에게 진짜 어울리는 일을 해야 할 날이 빨리,
내년부터 펼쳐지게 해주세요.
우리 엄마가 나이가 드셔도 사람들에게
멋진 인생의 모범이 되게 해주세요.
생명이 있는 삶의 모범이 되게 해주세요.

무엇을 소망할지
알게 해주세요

예수님, 제가 선한 것 옳은 것 예수님이 기뻐하시는 것을
원하게 해주세요!

미래를 소망하면서, 나의 미래와 비전을
정확히 잘 모르는 채 어영부영 기도하거나
이랬다저랬다 하기도 하는데, 예수님이 기뻐하시는 비전
을 갖게 해주세요.
소망하면 이뤄진다는 걸 알고 있습니다.
그러니 바른 것, 우리를 멋지게 발휘시키는 것,
사회에 선한 영향력을 끼치는 것,
예수님이 기뻐하시는 것을 소망하게 해주세요.

십일조 기도

하나님, 원고료가 나왔네요!
십일조를 드릴 수 있어서 참 기뻐요.
일할 수 있는 힘을 주시고, 달란트를 주시고, 일할 기회를 주시고,
제 일이 사랑받게 하시고, 결실 맺게 하시고, 그리고 돈 벌게 해주셔서
감사합니다.
그 중에 십 분의 일을 하나님을 생각하며 먼저 드릴 수 있어서
참 기쁩니다.
고맙습니다.

 가을하늘

가을하늘이 정말 보석 같죠.
하나님은 정말 멋있어요!
짝짝짝.

집들이
떡갈나무 선물

큰 나무가 선물로 왔다. 떡갈나무 큰 화분.
큰 나무라 무거워서 물을 못 주고 그냥 데려왔다 하길래
물을 몇 바가지 부어 주면서 인사했다.

이제 우리 식구다, 재미나게 사이좋게 잘 살자.
이파리도 한 잎 한 잎 닦아 주고 화분도 닦아 주고,
시원하지?
환영한다. 나는 은하야, 백은하.
너 참 잘 생겼다!
우리 집은 햇살도 좋고 환기도 잘 돼.
그리고 우리 식구는 친절하지.
여기 아가도 있어.(배를 두드리며 아가야, 이게 나무야 나무. 멋있지? 잘 생겼
지? 이파리 시원하지? 참 이쁘지?)
떡갈나무야, 니가 우리 집에서 기쁘고 행복하면 좋겠다.
우리에게 산소 많이 주고 이산화탄소는 많이 가져가라.

너를 뭐라고 부를까?
복덩이라고 할까, 푸름이라고 할까….
푸름이가 좋겠다. 푸르마, 푸르마.

사랑

그 나무 아래 다같이 깃들어 도란도란

아침에 하나님께 먼저 인사하는 가정

아침엔 하나님께 먼저 인사하는 가정이 되게 해주세요!

하나님, 안녕하세요, 새 하루입니다!
베란다에 서서 90도로 숙이며 배꼽인사를 한다.
저희 가족이 하나님을 존경하고 사랑하는 하루로 인도해주세요.
오늘 할 일 만나야 할 사람들 모든 과정들 속에 하나님의 은혜와 미리 예
비하심을 바라옵니다.
하나님이 본래 인간에게 주신 기쁨을 누리게 해주세요.

항상 기뻐하고 쉬지 말고 기도하고
늘 감사하라고 하신 말씀이 이루어지는 가정이 되게 해주
세요! 우리 예쁜 장군이도 오늘 뱃속에서 행복하게 해주
세요. 고맙습니다.

너의 출발은 하나님이야

아기가 꿈틀꿈틀, 뱃속에서 움직인다.
아기가 팍팍팍, 하이킥을 할 때도 있다.
아기가 톡톡톡, 살짝 노크할 때도 있고
아기가 우르르르 쾅쾅, 한 바퀴 돌며 장난할 때도 있다.
새벽 네 시, 벌써 일어나기도 하고
엄마가 바삐 걷거나 일할 땐, 자는지 긴장하는지 조용하기도 하다.

이제는 겉에서도 움직이는 게 보인다.
사람 뱃속에 사람이 있다니, 정말 신기한 노릇이지.
아가가 내 뱃속에서 숨도 쉬고 밥도 먹고 키도 크고, 참 신기하지.
듣기도 하고 냄새도 맡기도 한다니.
주먹을 쥐기도 하고 풀기도 하고 엎드리기도 하고
활짝 나래를 펼치기도 하고
오른쪽에 있다가 왼쪽으로 가기도 하고, 참 신기하지.

고맙다.
우리에게 와줘서 참 고맙다.
아가야, 신나게 놀고 무럭무럭 크고 곧 기쁘게 만나자.
헤엄치고 점핑하고 푹 자고 장난하고, 재미나게 보내고 즐겁게 만나자.

아이와 나의 일체감, 아이가 내 뱃속에 있을 때의 이 일체
감을 나중에 그리워할 것 같다.

하나님, 이 아이의 시작이 우리가 아니라, 그보다 훨씬 높은 하나님이었
다는 걸 우리가 잊지 않게 해주세요. 아이에게도 가르쳐주고 싶습니다.
아이의 출발은 엄마아빠보다 그 이전에 더 큰 하나님의 생각이었고 창조
였다고요. 그래서 아가가 엄마아빠의 한계를 훨씬 넘어서게 해주세요.
꿈의 크기가 큰 아이가 되게 해주세요.

포도

하나님, 저 남자에게 제가 아주 행복한 여자가 되게 해주세요.
하나님, 저에게 저 남자가 아주 행복한 남자가 되게 해주세요.

오전에 문자를 보냈다.
포도가 먹고 싶어. 밖에 추워?
짧은 답이 왔다.
추워, 나가지 마.

그리고 얼마 후 띵동,
누구세요?
포도 배달 왔어요.

문을 여니 점심시간에 잠깐 나온 그 사람, 검은 봉지를 내민다.
포도 알이 투둥실.
빨리 돌아가야 해.

그의 찬 손을 잡으려 하지만 잽싸게 내 손에
봉지를 들려주고는 돌아간다.
안 돼, 냄새 나, 담배 피워서.

엘리베이터로 향하던 그가 돌아보며 환하게 웃는다.

배우자 기도
- 그 복을 담을 만한 그릇이 되게 해주세요

사랑하는 주님,
정말 훌륭한 반려자가 되도록 저를 준비시켜 주세요.
굳건히 사랑하게 해주세요.
의지하고 존경할 수 있는 사람, 제게 보내주세요.
저 또한 그에게 의지하고 존경 받을 수 있는 사람으로 준비시켜 주세요.
하나님, 소중한 가정을 이루고 잘 살아가도록 해주세요.
그 사람을 기다립니다. 속히 보내주세요!

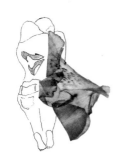

이 기도를 하고 한 달 후, 신랑을 만났다. 배우자 기도는 그 전부터 이렇게 저렇게 해왔다. 처음엔 이런 사람 주세요, 했다.

하는 일, 사람 됨, 시댁, 건강, 취향, 기타 등등 친구 진이의 조언을 따라 자세하게 구했다.

그러다 어느 날부터인가는 하나님이 보내주실 '그 사람'에게 내가 좋은 사람 되게 해달라고 기도하기 시작했다. 아무리 큰 복이 온다 해도 내가 준비가 안 돼 있으면 그 복을 몰라볼지도 모르니까. 내가 그것을 받을 그릇이 안 된다면, 감당이 안 될지도 모르니까. 복이 내 그릇을 넘쳐버리면 안 되니까. 넉넉히 그 복을 내 것으로 가지려면 내가 그럴 만한 그릇이 되어야 할 것 같았다.

그래서 나를 준비시켜달라고 일 년 전부터 기도했다.

사랑하는 주님, 정말 훌륭한 반려자를 보내주세요.
→ 훌륭한 반려자가 되도록 저를 준비시켜 주세요.

변덕스럽지 않고 저를 평생에 걸쳐 사랑할 사람을 주세요.
→ 제가 그 사람을 한결같이 신뢰하고 사랑하도록 해주세요.

맑은 사람, 함께 있으면 편안한 사람을 주세요.
→ 제가 함께 있으면 평강을 주는 사람이 되게 해주세요!

시댁이 건강하고 편안한 분들이었으면 좋겠습니다.
→ 어른들에게 사랑스러운 자녀, 기쁜 자녀가 되고, 가족 친지를 사랑하
   고 사랑받는 가족 구성원 되게 해주세요. (저는 어른들을 어떻게 모셔야
   하나, 어떻게 조화를 이루고 사랑하며 살아야 하나, 아직 자신이 없습니다. 정
   말 부족합니다.)

의지하고 존경할 수 있는 사람을 보내주세요.
→ 의지가 되고 존경할 만한 아내, 엄마, 며느리 되게 해주세요.

자랑스러운 일을 하고, 경제적으로 건강한 구조를 가진 사람 보내주세요.
→ 경제개념이 많이 부족한 제가 그 부분을 잘 배우고, 윤택한 가정구조
   로 만들어갈 수 있게 도와주세요. 책이든 사람이든 제가 배우고 훈련
   할 수 있게 해주세요.

만난 지 일 년

오늘은 저희가 만난 지 일 년 째 되는 날입니다.
하나님께서 우리를 만나게 하시고 일 년 간 우리에겐
참 많은 일들이 있었습니다.
더 이상 혼자 고민하며 혼자 즐거워하며 사는 삶이 아니라,
함께 펼치는 삶을 주셔서 고맙습니다.
제 것을 나눌 수 있고, 그가 피드백을 곧 해주고, 또한 그의 것을 함께
나누고, 서로 도우며 즐거워하며 손잡고 나아가는 삶을 주셔서 고맙습
니다.

생애 처음으로 누리는 평강.
처음으로 나 혼자 알아서 하는 삶이 아닌, 누군가와 나누는 삶을 누리게
되었습니다.
게다가 저희 사이에 커다란 결실까지 주셔서, 우리 둘이 어느덧 셋이 되
게 해주셔서 참 고맙습니다.
무사히 일 년을 잘 오고, 복 되게 모든 일들을 베풀어주셔서, 우리가 연

애하고 결혼하고 아기를 갖고, 안정을 찾게 해주셔서 고맙습니다. 미리 준비하시고 환경을 만드시고, 무엇보다 우리 마음을 잘 지켜주셔서 고맙습니다.

하나님, 우리 가정이 하나님의 나라를 실현하는
작은 천국이 되게 해주세요.
서로가 서로의 매력을, 장점을, 가능성을 발휘하게 해주세요.
생명력과 존경심을 잃지 않고, 시간이 갈수록 소모되는 관계가 아니라, 사랑과 신뢰가 깊어가는 관계로 나이 들면 좋겠습니다.
무엇보다 하나님이 우리를 보며 빙그레 웃고, 폭소도 하시고, 박수도 치시고, 위로도 해주시며 기뻐하시는 가정이 되게 해주세요!

그때그때 기분대로가 아니라, 목적과 비전을 가지고 생활하게 해주세요. 서로가 왜 이랬을까, 치사하다, 마음 상하고 거기에 계속 신경 쓰며 매이는 것이 아니라, 큰 것을 보게 해주세요.
나는 무엇을 원하나, 우리 가정은 무엇을 원하나, 그 비전에 맞게 행동하게 해주시고 '이루어가는 삶'을 살게 해주세요.

실수에 목숨 걸지 않기

지금 아기의 아빠를, 나의 사람을, 훌륭한 파트너라고 결정한 이 사람을, 있는 그대로 볼 수 있도록 도와주십시오.
자잘한 실수나 섭섭한 일이 있더라도 심각하지 않게 넘어가게 해주세요.
그것을 큰 이슈로 만들고, 그것을 서로의 인격, 전체라고 보고 힘들어하지 않게 해주세요.

이 사람을 너무 완벽한 상으로 높게도 두지 말고 자잘하게 실망도 하지 말고, 그대로, 나를 사랑하는 건강한 사람으로, 함께 미래를 만들어갈 파트너로 인정하고 어울렁더울렁 살게 해주십시오. 해주면 기뻐하고 안 해주면 절망하는 유아단계를 넘어서게 해주세요.

우리는 둘 다 완전하지 않고 실수투성이입니다. 그러나 제가 더 실수 덩어리입니다. 그가 만일 나였다면, 내게 얼마나 서운하고 실망한 일이 많다고 이야기했을까요. 그러나 그는 내게 서운한 것이 없다고 합니다. 내 잘못을 지적한 적도 없습니다. 내게 대안이나 원하는 것을 이야기해줄 뿐입니다.

그가 나를 깊이 사랑하는 것을 나날이 더 신뢰하기를 원합니다. 남자의 사랑을 믿게 해주세요. 두려워하지 않게 해주세요.

하나님, 건강한 사람을 파트너로 주셔서 오늘도 고맙습니다. 저를 그 사랑을 받아들이고 함께 건강하게 나아갈 그릇으로 계속 빚어주세요.

그만해, 은하야. 같이해

내가 가정에 대해 열렬한 로망을 가진 것은 결핍과 연관돼 있을 것이다.
좋은 像을 보지 못했기 때문에 새로 만들어내는 것이 쉽지 않다.
이전에 이미 충분히 그 문화 속에서 보고 자랐다면 쉬운데
새로운 상을 만들어내려니 당연히 쉽지 않다.
아빠 돌아가시고 엄마 혼자 꾸려야 했던 가정,
참 훌륭한 어머니셨고 건강하게 자녀들을 양육해주셔서 이루 말할 수 없
이 감사하다.
그러나 보지 못한 것이 있으니, 아빠와 엄마가 함께 더불어서 아름답게
일구는 과정을 못 본 것이다. 엄마 혼자 열심히 앞을 향해 나아가는 것만
본 것이다. 그래서 나는 내 생활과 직업, 여러 모로 독립적으로 잘 해나
가지만, 누군가에게 의지하고, 함께 뭔가를(일은 잘하지만 가정이라든가 삶
을) 해나가는 것은 참 부족했다.
나 자신 하나 추스르며 노력하다 보면 일등을 하거나 매력적으로 해내는
건 가능하다. 독보적인 것의 소망과 그에 따른 결과는 있지만, 함께 해

나가는 것에는 부족했다.

그러다 이 사람을 만나면서 조금씩 달라졌다.

이 사람은 내가 뭔가를 너무 열심히 할 때, 중지시키고 쉬게 한다.

"하지 마, 은하야. 같이해. 내가 할게."

뭐든 너무 잘하려는 것. 이것도 병이다.

그간 나는 몰랐다. 이런 기질이 옆 사람의 발휘를 막는다는 걸.

나는 이제야 의논하는 법을 배웠다. 처음으로 나는 마음을 놓게 됐고, 혼자 고민하지 않고 열어 놓는 생활, 함께 즐거워하거나 힘들어하며 함께 해결해가는 법을 익히게 되었다. 저 사람이 뭔가를 원치 않으면 그것도 그냥 존중한다. 굳이 안 해도 되는 것들은 내버려둔다. 모든 것들을 내가 알아서 해온 강박관념에서 벗어난 게 삶에서 가장 큰 변화다.

그간의 나는 열혈하게 기쁘게 바쁘게 산다고 살았지만, 활짝활짝 웃고 팔짝팔짝 뛰어다녔지만, 저 깊은 곳 고독이 있었나 보다.

나는 정말 고맙다.

이 사람이 나를 그냥 장군처럼 헤쳐나가게 내버려두지 않고, 혼자 속으로 끙끙 앓게 내버려두지 않고, 혼자 고독하게 내버려두지 않아서, 다 펼쳐 놓고 함께 해나갈 수 있도록 해주어서.

돌아보면, 성장기부터 어른이 되어 내 삶을 책임질 때까지 단 한 번도 쉰 적이 없었다. 누군가와 풀어 놓고 의논하고 함께 해결해 본 적이 별로 없다.

좋은 친구들이 많지만 워낙에 나는 내 문제에 대해선 독립적이었다. 엄마는 우리 남매가 학교에서 필요한 거라면 무엇도 아끼지 않았고 집에서

부엌일을 시킨 적도 없었다. 사람들은 나에게 곱다고 부잣집 딸내미겠거
니 했지만, 엄마가 힘들까봐 하고 싶은 것들을 먼저 접곤 했다.

어릴 적, 합창단 연습을 다 하고도 발표회 때 옷을 사야 하면 엄마에게 말
을 안 하고, 저 목이 아파서 못하겠어요. 발레를 잘한다 칭찬받아도 발레
복과 슈즈가 너무 비싸면 엄마에게 말도 안 하고 선생님을 찾아가, 저 몸
이 힘들어요, 이런 식이었다.

신학기가 시작되어 화분을 사가야 하면 엄마에게 말 안 하고 동네 언덕
을 돌며 화초가 될 만한 것이 없을까 돌아다니다가 페트병을 이쁘게 잘
라 화통을 만들고 좀 특이한 푸성귀를 꽂고 피라미를 잡아서 선생님 교
탁 위에 놓았다.

와, 이쁘다, 신기하다. 선생님들은 말했지만, 나는 가끔 그 시절의 그 조
그만 꼬맹이가 혼자 알아서 해내려고 한 그 쓸쓸한 순간을 생각하면 안
쓰럽다.

엄마의 품성은 훌륭하셨고 그에 따라 사남매 바르게 잘 성장했지만, 여
유 없는 엄마를 힘들게 하고 싶지 않아 어린시절부터 생각이 너무 깊고
절제가 많았다.

성장해서도 그렇게 알아서 했다. 덕분에 사회에선 경쟁력이 있는 것 같
지만, 그리고 사람들을 배려하고 이해하는 폭도 때로 좀 넓고 유연한 것
같지만, 그건 한편으론 얼마나 고독한 것인가. 모든 걸 다 잘하려고 하
고, 인정 받으려 하니, 이건 얼마나 힘든 삶인가.

이런 내게, 나를 잘 이해하길 원하는 사람이 나타나 "은하야, 그렇게 안
해도 괜찮아."라고 말한다. "편하게 해." 혹은 "안 해도 돼. 이제 그만하
고 쉬어, 걱정 마."라며 손발을 다 스톱 시킨다.

내 일도 집안일도 하나부터 열까지 혼자 애쓰던 나는 이젠 자연스레 그

에게 '아무 대책 없이' 묻는다. 어떡할까, 혼자 해결하려 하지 않고 그냥
묻는다.
누울 자리 보고 눕는다, 는 속담이 있었던가? 나는 이제
야 그런 여유의 뜰에 눕는가 보다. 그러니, 고마워요.

가계부를 쓰며

신랑이 내게 경제를 맡긴다고 했을 때, 펄쩍 뛰었다. 난 못해, 못해. 당신이 해요. 그러나 신랑은 내게 덥석 급여 통장을 주고 자기는 용돈만 받겠다 한다.

어떻게 해야 할지 몰라, 일단 매일 가계부를 쓰기 시작했고(그날부터 매일 지금도 쓰고 있다. 노트에 쓰는 것이니, 매달 통계나 분류가 자동으로 되는 것도 아니고 이게 어떤 효험이 있는지 모르지만, 최소한 스스로의 약속 같은 거), 은행에 가서 적금을 의논하고, 신용카드를 안 쓰기로 했다. 그러다 보니 지출의 묘도 생기고, 장 보는 요령도 생겼다. 그러나 여전히 두렵다.

하나님, 이 사람이 제게 가정 경제를 맡겼는데, 저는 경제에 대한 지혜도 경험도 모자라 큰일입니다, 구조를 잘 만들도록 해주세요. 윤택하게 빛나게 해주세요.

가계부를 쓸 때마다 이 기도를 매일 했다.

이젠 뭘 해도 어디를 가도 나만 신경 쓰는 게 아니라 전체를 두루 생각하게 되고, 내 물건 하나 필요한 거 적어 뒀다가 사러 가도 신랑 물건 들여다보고, 가정 경제를 윤택하게 해야 해, 하며 내가 가지고 싶은 것들 들었다 내려놓을 때가 많다. 또한 이전에 덤덤하게 하던 외식, 이제는 어쩌다 한 번 하면서 훨씬 기쁘게 즐긴다.

이전 싱글 생활 때, 꽤 괜찮은 벌이고 내 돈이니 막 썼는데, 이제는 이 사람이 한 달 간 열심히 번 돈 맘대로 쓸 수가 없다. 정말 이상한 체험이다. 월급이 들어오고 다음 달 써야 할 큰 목록을 미리 예산하고, 이번 달은 그 나머지 얼마로 생활하겠구나, 계산해둔다. 혼자가 아니라 함께 가는 삶이구나, 가계부를 쓰며, 가정 경제를 맡으며 가장 크게 실감하게 된다.

하나님, 혼자가 아니라 함께하는 삶을 갖게 하시니 고맙습니다.
돈 씀씀이에 있어, 돈이 흘러가는 것을 체크하고 볼 수 있게 되어 기쁘고, 돈을 미리 계획할 수 있어 새롭습니다.
매일 가계부를 적을 때 택시비며 계란, 빵, 마지막 단위 하나까지를 다 적으며 내가 이렇게 좀스러워졌나, 하는 느낌이 아니라, 이렇게 돈에 대해 성실해보기는 처음이다, 하는 느낌입니다. 복잡하고 정신없이 많은 것들을 폭식하며 쉽게 여기던 것들을, 이제는 가장 감사하게 누리며 속을 잘 채워가게 하시니 고맙습니다. 우리가 책임감을 '누리고' 아주 조금씩 성장의 기쁨을 맛보게 하시니 고맙습니다.

다만 돈의 문제가 아니라, 그간 제 나무가 제 열매만을 먹으며 자족하고 고독하던 삶에서 벗어난 것이 기쁩니다. 그간에는 얼마나 바삐 일해서 벌고 얼마나 소모적으로 지출하며 살았는지, 그 모든 것이 다 내 욕망 하나만을 위한 삶이었다는 걸 알게 됐습니다. 이제 서로가 서로를 키우고 손잡고 가는 동산을 만들게 하시니, 참 고맙습니다.

하나님, 가정 경제 구조를 잘 잡아가고 나아가 점점 윤택하게 하기에는 마음만으로는 참 서툽니다. 아시는 것처럼 저는 구조(구조치)와 숫자(수치)와 방향감각(길치)이 모자라니, 저의 모자란 감각들을 채워주시고, 사람을 통해서든 책을 통해서든 배울 기회를 주세요. 이 사람이 이렇게 열심히 일해서 맡긴 가정 경제, 잘 관리해서 윤택하게 만들고 함께 보람을 누리게 해주세요.

그 과정을 기뻐하며 성장하게 해주세요. 가족 모두 안정감을 누리고 비전을 만들어갈 수 있는 구조를 잘 만들어가도록 도와주세요. 예수님이 종에게 은닢을 맡겼을 때 지혜롭고 열심히 노력해서 윤택하게 하여 기쁘시게 한 것처럼, 제게도 그런 충실함과 지혜를 더해주세요!

서로가 노력하는 그 성심이, 그 끈이 나날이 더 견고하여지도록 도와주세요. 나날이 풍성해지되, 늘 새롭게 맑은 가정으로 이끌어 주세요!

응석

그 나이 때 부려야 할 응석
나이 들어가며 거꾸로 이제야,
힘들어,
하기 싫어,
아파,
신경질나,
갖고 싶어,
더 줘,
이렇게 말하게 되었습니다.
그때 못 부렸던 응석
지금 옆에서 받아주니
후련합니다.
머리 쓰다듬어주니
안심합니다.
고집스럽게 어른스럽던 내 얼굴이
아이처럼 풀어집니다.

고맙습니다.

내 핸드폰 속

시어머니는 '사랑시엄마' (사랑하는 시엄마의 약자),
아버님은 '아빠' 라고 저장해뒀다.

내게 엄마가 하나 더 생겼고
오랫동안 비어 있던 아빠 자리엔
인자한 아빠가 생겼다.

시엄마가
사주신 옷

어머니가 이모님과 함께 내 옷을 사러
그 땡볕 오후에 백화점엘 가셨다.
여러 곳 다니시다가, 겨우 옷 하나를 고르시고는
임부복은 이쁜 게 참 찾기 어렵구나.

나는 전화를 받으며 뭉클.
또래들과는 이런 사랑 나누었어도
어른에게 이런 사랑을 받는 건 좀 생소하다.
우리는 몇 달 전만 해도 남남이었는데,
어느 날 가족이 되고
그리고 서로 이렇게 위해주고.
가족이 된다는 건 신기한 일이다.
참 따뜻하다.
그런 다복한 가족이 된다는 건 그만큼 할 일이 많아지지만
그건 감사하고 복된 일.
나도 어머니처럼 사랑을 그렇게 전해주는 사람 되어야지.
이 다음 내 딸 내 아들 며느리에게도.

112

네가 사줘라

어머니가 사람들에게 베푸시는 걸 보면,
물질이 있는 곳에 마음이 있다는 성경말씀이 떠오른다.
내게 전화하셨을 때, 친구를 만나 점심 먹으러 가요, 하면
"네가 맛있는 거 사줘라."
친구가 집에 놀러왔어요, 하면
"대접 잘해라. 내 집에 들인 사람에게는 잘해줘야 한다."

이런 말씀 들으면 기분이 좋다.
후덕한 어머니 보고 배울 수 있어서,
하나님, 고맙습니다.
돈은 모으는 것만이 아니라,
나누고 베풀면서 잘 써야 한다는 걸 배운다.

아버님의 시詩

시를 좋아하시는 아버님, 몇백 개의 시를 외우시는 아버님.
백석 시를 좋아하실 거야, 시집을 사서 보내드렸다.
며칠 후 전화 드리니,
하도 재밌어서 벌써 반이나 읽었구나.
참 진솔하고 그림이 그려진다. 내가 한 번 읊어줄까.

나는 가는 길 멈추고, 길가 벤치에 앉았다. 보슬비 살짝 내리는데 비 안
묻은 자리 찾아, 눈을 껌벅이며 아버님이 낭송해주시는 시를 듣는다. 우
산을 든 채로 공원 의자에 기대앉아 시를 듣는다.
'적경' 이라는 시였다.
몇 번을 읽었던 시였는데,
아버님이 그 시를 읊어주자 시가 그림으로 펼쳐진다.

아버님, 어떻게 그걸 다 외우셨어요.
그냥 그대로잖니.

114

내용 그대로 시가 술술 펼쳐지잖니.
운동하시던 아버님, 운동 멈추고 시를 낭송하시고
걸어가던 며느리, 걸음 멈추고서 시를 듣고, 본다.

감사합니다, 하나님.
이렇게 건강하시고 멋진 아버님을 주셔서 고맙습니다.
이런 게 어른이 내려주시는 사랑이구나, 감사합니다.
저는 점점 더 착해지고 있습니다.
머리를 쓰다듬어주시는
사랑을 받으며.

적경 寂境

백석

신살구를 잘도 먹드니 눈오는 아츰
나어린 안해는 첫 아들을 낳었다

인가(人家) 멀은 산(山)중에
까치는 배나무에서 즛는다

컴컴한 부엌에서는 늙은 홀아비의
시아부지가 미역국을 끓인다
그 마을의 외따론 집에서도
산국을 끓인다

이제부터는
내가 아버지다

일찍 아버지를 여읜 후 내내 아버지의 존재가 비어 있었는데, 이렇게 아버님을 주셔서 고맙습니다.

처음 인사를 드리러 갈 때, 아버님이 그랬습니다.

아버님이 일찍 돌아가셨지? 이제부터는 내가 아버지다!

그 말씀이 얼마나 좋았는지 처음 뵌 분 앞에서 눈물이 툭, 떨어졌습니다.

이.제.부.터.는. 내.가.아.버.지.다.

아버지가 있어, 내게도 아버지가 있어서, 참 고맙습니다.

배울 수 있고 존경하고 든든하고 잘해드리고 싶은 아버지를 제게도 주셔서 참 고맙습니다.

내가 그간 얼마나 혼자 들풀처럼 꿋꿋하고 외롭게 지냈나, 느끼게 됩니다. 이런 세계를, 이런 보호와 사랑을 받게 하시니 고맙습니다. 나이가 아무리 들어도, 우리는 언제나 어른이 필요합니다. 사랑을 주고받고 배움을 얻을 수 있고 마음을 전해드릴 수 있는 어른이 계셔서 고맙습니다.

게다가 우리 아가를 생각하면, 이 아가는 엄마아빠뿐 아니라, 할아버지 할머니 그리고 친척들까지 엄청난 사랑의 세계가 장벽처럼 둘러쳐져 기다리고 있으니, 이 아이를 기다리고 축복해주실 부모님들과 가족들이 계셔서 얼마나 든든한지요. (장군아, 너는 좋겠다!)

신랑을 만나, 저절로 같이 얻게 된 이 큰 복, 시어르신들을 얻게 되어 저는 참 복이 많습니다.

사랑하고 존경하며 열심히 살도록 잘 인도해주셔요!

시편 8편

교회도 안 가본 신랑이
밤마다 성경을 한 장씩
불룩하게 솟아오른 내 배를 만지며 읽어준다.
한동안 잠언을 읽고(태교에 좋다는 말에)
그걸 다 떼고는 시편으로 들어갔다.
오늘은 시편 8편을 읽다가 갑자기 노래를 부른다.
역시 시는 노래로 느껴지는가 보다.
이미 노래로 나와 있는지도 모르고 맘대로 가락 넣어 부르는 노래.
혼자 흥얼흥얼 부르는 걸 보고 깜짝.

여호와 우리 주여 주의 이름이 어찌 그리 아름다운지요.
사람이 무엇이건대 주께서 저를 생각하시며
인자가 무엇이건대 저를 하나님보다
조금 못하게 하시나이까.

하나님을 향한 마음이 참, 아름답지!

아빠가 아가에게

어젯밤, 신랑이 눈을 뜬 채로 내 배를 만지며 말하듯 하는 기도.

장군아, 하나님은 장군이를 지키시기 원하시고, 은혜 주시고 복 주시기
원하시고, 그 얼굴을 장군이에게 드사 평강 주시기를 원하신단다.(민수
기 말씀 패러디.)
장군아, 하나님이 누구냐면, 엄마와 아빠와 할머니, 할아
버지를 지으시고 장군이를 지으신 아주 큰 아버지야!

아침식단을 위한 기도

미역국을 만들려고 북어와 미역을 다 넣어 볶고 물을 붓고
멸치도 한 줌 넣어 휘휘 저으며 말한다.
얘들아, 고마워. 바다에서 살다가 여기까지 와주고.
너희 몸과 마음을 다해서 맛있게 해주라.
서로 잘 조화해서 맛있는 미역국 만들어주라.

(식기도)
하나님, 좋은 음식을 먹게 해주셔서 감사합니다.
사랑하는 사람과 함께 먹게 해주셔서 감사합니다.

(미역국, 쇠고기 장조림, 김치, 김. 냠냠 먹으면서 또 기도.)
하나님, 요건 어머니가 주신 쇠고기 장조림, 이건 엄마가 주신 김치,
요건 내가 끓인 미역국. 고맙습니다, 하나님.
고맙습니다. 방배동 엄니, 춘천 엄니. 아이 맛있다.

고맙습니다, 속삭이기

점점 더 큰 복을 주시는 예수님,
주시는 복을 잘 받고 누릴 수 있도록,
제가 넉넉하고 좋은 그릇이 되게 해주세요!

주신 복에 익숙해질까봐
그래서 감사도 모르고, 어느 날 당연해지고 뻔뻔하고
삭막하게 지낼까봐 어떨 땐 의식적으로
고맙습니다,를 일곱 번 반복하고,
어떨 땐 백 번쯤 반복할 때가 있다.

목 운동이나 가벼운 스트레칭을 하면서 속삭인다.
설거지를 하며 걸어가며 속삭인다.
고맙습니다, 고맙습니다, 고맙습니다….

자기를 넘어서

하나님, 어젯밤 꿈엔 제가 외국 나갈 준비를 하며 설레고 있었습니다.
그러다가, 아차, 내게 아이가 있지, 이제 태어날 아기.
신랑이 있지, 우리 가정이 있지!
이러지 뭐예요.
하나님, 제 자아를 넘어서 언제나 우리의 공동의 인생 목표를 향해
잘 나아갈 수 있도록 도와주세요.

전날 뭐가 섭섭했든,
그렇게 혼자 어디 가는 꿈을 꾸지 않도록,
튼튼한 심지와 마음을 주세요.
저는 이제 더 이상 어린애가 아니니까요.

얼마나 소중하게 품으시고 계획하시고 만들어주신 가정인데,
이렇게 마음이 삐친다고 그런 꿈을 꿀까요.
현실은 그렇지 않아요, 하나님.

아시지요?

저와 신랑이 자아를 넘어서게 해주세요.
자아의 욕망, 변덕, 이런 걸 넘어서서
하나님의 나라를 이 가정에 실현하게 해주세요.
보이는 것만 보는 게 아니라
보이지 않는 것을 그리게 해주세요.
미래의 비전을 가지고 지금 서로를 발휘시키며 기쁘게 살게 해주세요.
천국이 다른 곳에 있는 것이 아니라,
우리 가정에서 소박하지만 충만한 천국을 만들며 살게 해
주세요.

특별한 결혼식 부조

우리를 맺어준 부부가 있습니다.

신랑이 그분들께 고마운 인사로 '옷값'을 드렸더랬습니다.
(소개 잘하면 옷이 한 벌이라고 하잖아요!)
그분들은 그 금액 전부를 학교를 짓는 좋은 단체에 기부해서
그 기부증여서를 결혼선물로 우리에게 주셨습니다.
사랑은 돌고 돌아야 하는 거니까,
라며 우리의 미래를 축복해주셨습니다.
기부증서에는 우리 부부 이름이 나란히 적혀 있습니다.

멋진 씨앗을 심어주셨으니
겨자나무처럼 숲을 이루며 살도록 노력하겠습니다.

왜 이렇게
화가 날까요

요즘 저는 왜 이렇게 화가 날까요.
자잘한 일에 분이 납니다.

하나님, 저는 어제 또 분을 냈어요. 별일 아닌 일에.
고작 도서관에서 마땅히 갖춰야 할 잡지를 안 갖춰 놓았다고 화가 나고,
지자체문화센터에 전화했는데 연관 기관 전화번호를 모른다고 화가 나
고, 온라인 쇼핑을 하고는 입금을 했는데 그쪽에서 그걸 확인 못하고 있
어서 화가 나고, A/S센터에 청소기 오작동을 설명해도 엉뚱한 설명을 해
서(순전히 내 생각) 답답하다 못해 화가 났어요.
왜 이렇게 멍청한 거예요! 소리를 지르고 싶은 걸 꾹 참았어요.(실은 내가
멍청한 경우가 더 많아요.)
아기를 갖고 몸이 펭귄 같아져서 날씬한 아가씨를 보면 화가 나요.
먹고 싶다고 두 번이나 신랑에게 이야기한 튀김만두를 신랑이 못 사다
줬을 땐 눈물이 나고야 말았어요.
요즘은 왜 이렇게 분이 날까요, 하나님.

이상한 일이에요. 왜 별일 아닌 일에 이렇게 화가 나는지.
이전엔 그냥 넘기던 일들이었는데요.
보다 가정적이 되면서 행동반경이 좁아져서일까요.
너무 예민해져서일까요.
아기를 가진 건 감사하고 행복한데, 몸이 피곤할 땐 화가 나요.
하루일과가 단순해져서 설거지하고 빨래만 했는데
잠을 몇 시간 자야 해서 하루가 가버리면,
바보 같다는 생각이 들어서 화가 나요.
사람들을 많이 못 만나고, 내 작업을 펄펄 못하고,
내 속의 에너지가 밖으로 못 빠져나갔을 때,
네, 화가 나요.

이상하지만 나는 때로 이런 기도도 한다. 아름다운 마무리나 바람 없이
그냥 그대로 하고 만다. 분을 내는 증상은 다행히 일주일 후쯤 가셨다.
이유는 모르겠다. 호르몬 변화라고 해두자. 너무 일일이 반성하고 결심
하고 할 필요 없이, 그냥 때로는 피곤해서 때로는 몸의 변화로 때로는 날
씨 때문에 그럴 수도 있다고 하자.

하나님도 우리를
손으로 빚으셨지

바느질을 일렬로 반듯하게 하는 건 못한다. 삐뚤삐뚤 바느질이 즐겁다. 거의 드로잉 분위기랄까. 하지만 바느질을 할 때, 헝클어진 마음이 가지런해지고, 인간으로서의 행복감은 이런 걸까, 단순하고 충만해진다.

강낭콩을 하나하나 까면서도 그런 생각했다. 똑같은 강낭콩처럼 보이지만 무늬도 모양도 다 다르다. 껍질을 까는 단순한 행동 덕에 생각이 단순해지면서 또한 넓어진다.

도예방 놀러가서, 친구랑 흙으로 처음 꼼지락꼼지락 그릇(같은 거)을 빚을 때도 그런 느낌이 들었다. 시간은 무지무지 많이 흘렀는데도 우리는 피로하지 않고 맑았다. 좋은 사이라도 이야기를 몇 시간 연달아 하면 피

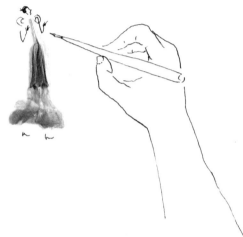

곤한 법인데, 손으로 그릇을 빚으며 두런두런 이야기를 하다 보니 어느새 다섯 시간이 흘렀다. 처음엔 그릇이 목적이었지만 편안한 소통이 이뤄지고, 결국 그릇은 그저 구실이 되었다.

손으로 뭔가를 집중해서 할 때,
'인간으로서의 기쁨' 이랄까,
단샘물이 느껴진다. 하나님이 주신 가장 단순하지만,
최고의 선물이 아닐까.
아참, 그분도 세상을 지을 땐 말씀으로,
그리고 인간을 지을 땐 손으로 빚으셨지!

입을 위한 체조

그렇지, 라고 무릎에게 말한다
거기 있니, 라고 척추에게 말한다
제법이야, 라고 배에게 말한다
아이구, 라고 허리에게 말한다
간지러워, 라고 발가락에게 말한다
아직도, 라고 손가락에게 말한다
우스워, 라고 배꼽에게 말한다
고마워, 라고 손에게 말한다
무겁지, 라고 어깨에게 말한다
괜찮니, 라고 목덜미에게 말한다
안전해, 라고 아킬레스건에게 말한다
날지 마, 라고 겨드랑이에게 말한다
미안해, 라고 가슴에게 말한다

느려도
할 거 다해요

나는 아주 빠른 여자였어. 물론 지금도 그런 편이지만
생각하면 바로 움직이고,
어떨 땐 생각보다 마음과 손과 발이 먼저 움직여서
괜한 수고를 하기도 하지.

슝슝 튀어나오는 아이디어도 어찌나 많은지, 저기 커튼에 뭐 해야겠다,
싶으면 얼른 동대문을 찾아 원단을 사거나, 어디 레스토랑에 뭐가 맛있
다던데, 하면 친구에게 얼른 연락해 찾아가거나, 아, 무슨 이미지가 떠오
르면 얼른 그림을 그려야 하고, 쓰고 싶은 글 주제 떠오르면 바로 노트를
펴지. 잡지를 보다가 이 요리 만들고 싶어, 하면 그새 마트에 가서 재료
를 사고, 안부를 전한 지 오래 됐네, 하고 생각나는 친구가 있으면 곧 문
자를 보내거나, 시를 읽어주거나. (전화로, 니가 바쁘거나 말거나.)
그렇게 빠르게 움직이다, 어느 날부터 아가가 뱃속에서 점점 자라니 나
는 펭귄처럼 뒤뚱뒤뚱, 곰처럼 느릿느릿 움직이게 됐다. 모든 게 슬로우
비디오야. 앉았다 일어설 때도 다다다다다, 한 프레임씩 움직이게 되
고, 밥을 많이 먹으면 가뜩이나 부른 배가 더 불러서 훅훅, 숨을 쉬며 고
요히 움직여야 해.

근데 참 신기하게도, 그렇게 발빠르게 왔다 갔다 하던 때보다 요즘 일을 더 잘하고 있다는 거야. 동선을 최소화하고 여러 번 움직이던 일도 되도록 한 번에 움직이며 마무리하고, 뭣보다 과잉된 것들을 줄이고, 적당한 선에서 만족해하고 그만하게 되었어. 어쩔 수 없이 절제의 미덕을 익히게 됐지. 양이 줄어드니 질은 좀 더 좋게, 좀 더 성의있게 되는 것 같아. 천천히 움직이다 보니 생각할 시간이 많아졌거든. (양적으로 여러 가지 추구하던 발빠른 시기에서 이젠 뭔가를 제대로 하는 방식에 재미를 들였어.) 일을 대할 때 더 집중하고, 사람들과 만날 때도 꼭 안 만나도 되는 만남이나 모임은 포기하고, 만나기로 하고 가기로 한 곳에는 정성을 기울이지. 요리를 할 때도 종류는 줄이고, 대신 메인 음식을 제대로 만들려고 재료며 방법에 신경을 쓰고.

집안일이든 내 작업이든, 정신없이 바쁘게 이것저것 하던 성향에서 이젠 이게 정말 필요할까, 먼저 생각하고 결정하는 거야. 그게 재밌어.

느려도 다해. 정말이야.

아가야, 넌 참 좋겠다

그렇게 말하라고 했다.
넌 우리 집에 태어나 참 좋겠구나!!!

절대, 더 좋은 부모 만났으면 좋았을 텐데. 나 같은 부모를 만나서, 라고
한탄하지 말라고. 핑계 삼게 하지 말라고. 탓하지 말라고.
오히려, 넌 참 좋겠다. 좋은 부모를 만나서.
엄마아빠 자랑스럽지, 라고 말하라고.
주어진 환경을 최선으로 받아들이고 최선으로 노력하게 하라고.
감사하게 하라고.

아가야, 장군아, 너는 참 좋겠다. 이렇게 널 사랑하는 엄마아빠를 갖게
되어서. 훌륭하신 할머니 할아버지, 외할머니도 너를 사랑하고 기다리
시고. 온 가족 친지가 너에 대해 기대하고 축복하고 있으니,
아가야, 너는 천하를 다 가졌다!
뭣보다, 하나님은 너를 지키시기 원하시고
은혜와 평강을 주시기 원하신단다.

아가야, 훌륭하고 행복한 사람이 되길 바랄게!

우리의 음악
태교랄까

간혹
건반 위에 손을 얹으면
왠지 생물을 만지는 듯한 느낌
마치, 생선이나 푸른 야채처럼.

하나님, 고맙습니다. 피아노를 배우게 해주셔서요.

장군아, 엄마가 오랜만에 피아노 배우러 왔어.
자, 뚱땅땅, 띵동댕, 즐겁게 해보자.
엄마가 잘 치지는 못하지만
피아노의 맑은 소리를 잘 들어봐.
뱃속에서 춤도 추고 공중부양도 하고 쿵쿵 배도 차고 헤엄도 치고
엄마의 불협화음은 이해해주고
자, 띵동댕 출발~!

우리 장군이는
딸이랍니다

장군이라고 태명을 짓고 불렀는데,
태몽도 양가에서 호랑이 꿈, 용 꿈을 꿔주시고,
모든 사람들이 배를 보며 아들이야, 했는데,
드디어 병원에서 말하길
딸입니다.

배를 쓰다듬으며 오늘부터 장군이를 뭐라고 불러야 하나,
아기 아빠랑 의논.
살짝 '장순이'라고 부를까?
아니야, 아니야. 여자라고 장군 아니란 법 있나.
우리 '장군이'는 씩씩하고 아름다운 딸이 될거야.

운명을 믿어요?

정말 운명이란 게 있을까.
타고난 길이 있을까.
어떤 날 어떤 시에 태어난 것으로
정해지는 운명은 나와 상관없는 일.
나를 온전케 하시고 내가 행복해지기를 원하시는 분이
내 인생을 만들어 가시니까.
하나님은 매일 새로운 내 운명을 만드신다.

감사하게 드세요.
그게 주신 이의 기쁨입니다!

익숙하지 않은 사람은,
자기 앞에 놓여 있는 행복이라는 스테이크를
김이 다 식을 때까지 포크, 나이프를 들었다 놓았다,
한 입 베어 물었다 놓았다,
계속 의심합니다.
이렇게 맛있어도 되나.
이것이 내 접시가 맞나.
이 자리가 내 것일까.
정말 내 것일까.

결국 포기하거나,
혹은 먹기야 하지만
그 시간과 공간, 음식을 제대로 누리지도 못한 채
식을 때까지
안절부절 한 입 두 입, 분지르듯 떼어 먹고

좋았다 불안했다를 연발하다 일어섭니다.

누군가는 그 스테이크를 자기 것으로 하기 위해 빼앗기도 하고
아직 임자가 모호한 것을 내 것, 이라고 덥석 가져가기도 하는데,
왜 초청된 자리, 대접된 음식 앞에서 머뭇거리세요?
왜 자꾸, 자기 것에 대해
아니, 자신에 대해 의심하세요?

복福이라는 스테이크를, 과일을, 빵을 갖게 되면
근사하게 앞에 주어지거든,
행복한 미소와 함께 자랑스럽게 드세요.
감사하게 드세요.
그게 주신 이의 기쁨입니다!

좋은 봄날

봄이에요, 차가 잘 어울리는 계절이죠.
따뜻하게 차 한 잔 마음 한 잔 나누면
봄이 한 줌 피어나겠지요.
저기 마루에서 바람과 함께하면 좋겠네요.
저기 풀밭에서 햇살과 섞어 마시면 참 좋겠네요.
작은 잔 하나에 피어나는 작은 우주를 함께 나누면 좋겠네요.
지금 이 순간은 가장 단순하게
차만,
당신만 음미하면 좋겠네요.